Das WORT, das BAUCHSCHMERZEN macht

Empowerment für Kinder

Von Nancy J. Della

Illustriert von Rina Rosentreter

Mit einem Nachwort von
Tsepo Andreas Bollwinkel Keele

Das sind wir ...
Lukas und Lennard.
Wir sind nicht irgendein Lukas
und irgendein Lennard.
Nein, das sind wir nicht.
Wir sind Zwillinge ...
Deutsche Zwillinge ...
Aber das alleine wäre zu gewöhnlich.
Wir sind Schwarze Deutsche Zwillinge!
Und das ist unsere Geschichte ...

„Du gehst mir aber heute nicht in die Schule“, sagte Mama am Morgen und sah besorgt zu Lennard rüber, der wie ein Häufchen Elend am Küchentisch saß und keine Lust auf Papas French Toast hatte.

„Warum? Was hat denn unser kleiner Hamster?“, fragte Papa, der sich noch schnell ein Hemd bügelte.

„Ganz, ganz dolles Bauchweh. Und ein bisschen kratzt es auch im Hals, glaub ich.“

„Bei mir auch“, tönte es auf einmal aus dem Bad. Das war unser großer Bruder Niklas, der grinsend seinen Kopf zur Tür raushielt. „Ich kann heute unter keinen Umständen in die Schule gehen.“
„Doch, das kannst du, und nun leg einen Gang zu, sonst bist du noch spät dran.“ Mit diesen Worten verließ Mama die Küche und machte sich für die Arbeit fertig.
„Na dann werd ich wohl unseren Lukas zur Schule bringen und mit dem kranken Lennard zum Arzt gehen“, sagte Papa und küsste Mama good-bye. Und dann gingen wir los: Lennard, Papa, unsere kleine Schwester Nouria und ich.

„Hab einen wunderschönen Tag, Lukas“, sagte Papa, als wir an der Schule angekommen waren. „Das versuch’ ich, aber ohne Lennard ist alles nur halb so spaßig in der Schule.“
Lennard freute sich darüber und lachte. Und da bin ich schnell noch einmal hingegangen und hab ihn ganz leicht in die Backe gezwickt; damit er mich nicht vergisst, wenn ich nicht bei ihm bin.
Und damit er nicht so traurig ist, dass er den Anfang der Frühlings-Projekttage verpasst.

Guten Morgen Lukas“, sagte Frau Hoehlmann, meine Lehrerin. „Die anderen sind schon alle auf dem Schulhof, dort bauen wir heute einen Hühnerstall.“

Hühnerstall bauen hörte sich spannend an, war dann aber doch nicht so lustig. Ich durfte da nicht so hämmern wie ich wollte, und warten, bis ich an der Reihe war, sollte ich auch ständig.

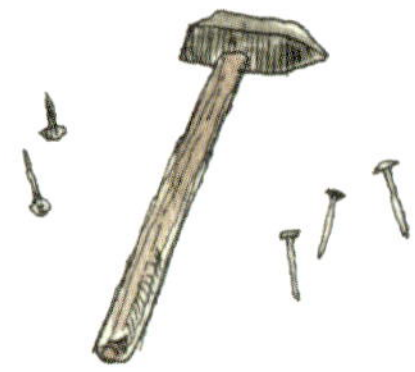

„Ich will keinen doofen Stall bauen.“ Ich drehte mich um und sah meine beste Freundin Amira. „Willst du das etwa?“

„Sieh mal, ich hab etwas anderes Feines“, sagte sie und zog zwei Trillerpfeifen aus ihrer Tasche. Und mit denen konnten wir dann wirklich sehr schön trillern.

Frau Hoehlmann fand unsere Musik aber nicht so schön und hat uns eine neue Aufgabe gegeben: Wir durften Sonnenblumenkerne einpflanzen. Die musste man mit dem Finger ganz tief in die Erde drücken. Später kamen dann auch noch Johanna und Paul dazu, und das war sehr spaßig.

Danach gingen wir dann alle in die Schulbücherei. Wir setzten uns auf Kuschelkissen und Frau Hoehlmann las uns eine Geschichte vor.
„Ich liebe Geschichten!“, sagte Paul.
Das fand ich auch: „Das ist meine allerliebste Lieblingszeit in der Schule“, und kuschelte mich zu Amira.

Die Geschichte kannte ich noch nicht. Komisch eigentlich, dass Papa mir die noch nie vorgelesen hatte. Sie handelte von einem Mädchen mit roten Zöpfen, das sehr viel Blödsinn machte. Das hätte, glaube ich, Mama so gesagt. Mir hat der Blödsinn am Anfang sehr gut gefallen und Amira auch, das konnte ich an ihrem Grinsen sehen.

Nun las Frau Hoehlmann etwas über die Eltern des Mädchens vor.
Hmm, eine Mama hatte sie wohl nicht, eigentlich schade, und ihr Papa war ... und da war es: das Wort. Das Wort, das wir zu Hause niemals benutzen, weil es einen wütend und traurig zugleich macht. Das Wort, das Schwarze Menschen klein und dumm macht. Das Wort, das an den schlimmen Taten der Menschen festhält, die meinen Vorfahren Leid angetan haben.

Mir ging es auf einmal nicht gut. Mein Bauch tat weh und die Geschichte war mir egal. Ich sah in die Runde, aber keinem schien das schlimme Wort aufgefallen zu sein. Und auf einmal fühlte ich mich sehr alleine. Wenn doch nur mein Bruder jetzt bei mir wäre ...

Was ist denn mit dir los?“, fragte Amira. „Wir haben Pause, warum bist du so langsam?“
„Weiß nicht. Hab Bauchschmerzen ...“
Auf dem Schulhof angekommen fragte Amira mich: „Was macht eigentlich dein Papa so?“
Ich machte ein Fragegesicht.
„Na mein Papa geht immer morgens ins Büro und dort telefoniert er viel und trinkt Kaffee“, erklärte Amira. „Der ist nämlich ein Betriebswirt, und das macht man, wenn man sowas ist. Und meine Mama ist zu Hause mit meiner kleinen Schwester.“
„Ach soo“, sagte ich etwas enttäuscht über die langweilige Frage. „Mein Papa, der ist Aktivist, und der telefoniert auch viel und trinkt auch Kaffee. Und meine Mama bringt Kindern das Geigen bei, auch wenn sie das nicht wollen.“

„Was ist denn das, ein Aktivist?“, wollte Amira wissen.
„Das ist so etwas wie ein Supermann. Ja, das ist mein Papa, natürlich in Schwarz, ist doch klar. Der hilft Menschen, die nicht gut behandelt werden, und macht mit anderen Superfrauen und Supermännern, dass die Welt gerechter wird.“
„Cool, so einen Supermann-Papa hätte ich auch gerne“, erwiderte Amira.

„Dein Papa ist gar kein Supermann!“, brüllte Jan, der daneben stand und zugehört hatte.
„Ist er wohl!“, sagte ich wütend.
„Ist er nicht, er ist ein ...“
Und da war es wieder: das schlimme Wort, aber noch tausendmal schlimmer! Mein Kopf wurde ganz heiß und in meinem Hals wuchs ein großer Kloß.
„Warum bist du so gemein zu Lukas, der hat dir doch nichts getan?“, fragte Amira und sah giftig zu Jan hinüber.

Ich bin gar nicht gemein. Lukas' Papa ist das nun mal, und seine Mama ist das auch, und seine Horden von Geschwistern sind das auch. Und ich hab auch den Beweis: Das hat Frau Hoehlmann erst heute so vorgelesen. Und was im Buch steht ist die Wahrheit und kann gar nicht gemein sein", sagte Jan und machte dabei ein wichtiges Gesicht.

„Bist du wohl!", erwiderte Amira. „Wir spielen jedenfalls nicht mit dir, und unser Freund bist du auch nicht mehr. Nie mehr auf der ganzen Welt!" Und dann packte sie mich am Arm und zog mich mit zum Klettergerüst.

„Wir schließen hier aber keinen aus", sagte Frau Hoehlmann, die auf uns zukam und den heulenden Jan an der Hand hielt.
„Warum? Wir haben gar nichts gemacht", sagte ich immer noch sehr, sehr wütend.
„Der Jan ist ganz traurig, dass ihr ihn nicht mitspielen lasst."

Ja, das tun wir auch nicht“, sagte Amira bestimmt. „Der hat böse Wörter zum Lukas gesagt und war doll gemein zu ihm.“ Und dann sprudelte aus ihr das schlimme Wort heraus, weil sie ja Frau Hoehlmann alles erklären wollte.
Ich stand nur daneben und starrte auf den Boden.

Frau Hoehlmann schimpfte weiter: „Na ja, so schlimm war das aber nicht, was Jan gesagt hat, da musst du nicht so empfindlich sein, Lukas. Das ist doch kein Grund, jemanden vom Spielen auszuschließen. Da ihr beiden gerade keine guten Freunde sein könnt und andere Kinder zum Weinen bringt, setzt ihr euch jetzt für den Rest der Pause auf die Bank.“

Da saßen wir nun beide und sahen den anderen Kindern beim Spielen zu. Jan war auch kein bisschen mehr traurig und vergnügte sich auf der Reifenschaukel.

Das ist voll ungerecht“, sagte Amira leise.
„Es tut mir leid, dass du hier sitzen musst mit mir“, murmelte ich und mir war zum Heulen zumute.
„Das macht man so als beste Freundin, und außerdem war das nicht deine Schuld. Jan hat angefangen, ich hab es genau gehört.“

Nach der Pause haben wir drinnen Gruppenarbeit gemacht. Wir durften basteln, was wir wollten. Das heißt, so lange es mit Frühling und mit Blumen oder so zu tun hatte. In meiner Gruppe waren Amira und Paul und leider auch Jan, das hat Frau Hoehlmann so bestimmt. Wir sollten uns wieder vertragen, hat sie gesagt, und es würde besser gehen, wenn man gemeinsam an einem Tisch bastelt.

Mein Bauch tat weh und ich hatte wenig Lust zu basteln.
„Warum musstet ihr denn auf der Bank sitzen?“, fragte Paul.
„Das geht dich gar nichts an“, sagte Amira grimmig.
Aber Jan mischte sich ein: „Weil die gemein zu mir waren und mich nicht mitspielen lassen wollten, obwohl ich nur ...“ – und da war es wieder: das Wort! – „... gesagt habe.“

Da ist auch gar nichts bei“, bestätigte Paul. „Bei mir wohnen auch solche im Haus, die kommen aus Afrikanien, und die finden das auch nicht schlimm, wenn man die so nennt.“
„Das heißt Afrika!“, brüllte ich Paul an. „Und du kannst gar nicht wissen, ob ihnen das was ausmacht, du Pupskopf.“
Das Wort habe ich von meinem großen Bruder gelernt.
Und das, und auch nur das, hörte Frau Hoehlmann.
„Lukas, wie ich sehe kannst du heute einfach nicht nett sein“, sagte sie und guckte mich streng an.
Doch in dem Moment klingelte es auch schon und die Schule war für heute zu Ende.

Ich rannte ganz schnell nach draußen zu Papa, der schon mit Lennard auf mich wartete.
„Der Lukas ist heute mehrmals in der Schule angeeckt, wahrscheinlich hat er seinen Bruder vermisst“, sagte Frau Hoehlmann, die auch gerade über den Schulhof kam.

„Willst du mir erzählen, was los war?“, fragte Papa, als wir die Straße entlang schlenderten.
„Mir tut mein Bauch und Kopf weh, und ich will nicht drüber reden“, flüsterte ich.
„Hmm, wann immer du mir darüber berichten möchtest, höre ich dir zu. Hilfst du mir beim Tragen? Lennard und ich haben eingekauft, da wir heute ein volles Haus haben werden: All eure Geschwister kommen zum Essen.“

Ich muss noch etwas fertig schreiben, und ihr könnt derweil ein bisschen spielen", sagte Papa und schloss die Wohnungstür auf.
Mama kam uns schon entgegen. „Wie geht es denn unserem kranken Lennard?", fragte sie, als sie Papa und mir die Einkaufstüten abnahm.
„Schon viel besser", lachte Lennard. „Der Doktor hat mir einen Honiglutscher geschenkt."
„Er brauchte wohl mal einen Ausruhtag von der Schule", grummelte Papa. „Dafür geht es Lukas jetzt nicht gut ..."
„Ich hab noch eine Schülerin, und dann bin ich fertig mit dem Tag. Lukas, wenn du möchtest und mucksmäuschenstill bist, darfst du bei mir mit drin sitzen und lesen", sagte Mama mit einem besorgten Blick.

Und das haben wir dann auch so gemacht.
Ich lag mit einer Wärmflasche und einer Tasse Fencheltee auf einem grünen Kissen und blätterte in einem Buch, während ein Mädchen ungefähr hundert mal ‚Alle Vögel sind schon da' auf der Geige übte.
So richtig konnte ich mich aber gar nicht auf mein Buch konzentrieren. Immer und immer wieder hörte ich das schlimme Wort von heute Morgen. Es wollte einfach nicht weggehen, und dazu sah ich Jans grinsendes Gesicht. Und wieder stieg eine Wut gemischt mit Traurigkeit in mir auf.

Die Geigenstunde war vorbei, und aus der Küche duftete es schon verlockend nach meinem Lieblingsessen.

„Gut, dass es Lennard jetzt wieder besser geht. Nur schade, dass es keinen aus meiner Familie interessiert, dass ich auch schwer krank bin“, jammerte Niklas.

„Du bist und bleibst ein Spinner!“, rief mein ältester Bruder Tharek aus der Küche.

„Ein bisschen mehr Mitgefühl bitte“, entgegnete Niklas pikiert.

„Lass doch den Kleinen“, lästerte meine Schwester Amani. „Der kann nicht anders, kümmer dich lieber um die Kartoffeln.“

In der Küche war ein reges Treiben. Papa hantierte hektisch mit Töpfen herum und verteilte Aufgaben. Lennard putzte die Karotten, Amani schnitt sie klein und Tharek schälte Kartoffeln. Niklas sollte das Hühnchen würzen und den Tisch decken.

„Ist jemand zu Hause?“, tönte es aus dem Flur, und dann standen sie schon mitten in der Küche, meine Brüder Konstantin und Ruben.

„Ihr könnt schon mal mit dem Nachtisch anfangen“, sagte Papa. „Und seid bitte nicht so laut, die Mama muss sich ein wenig ausruhen, der Tag war lang.“
„Das kann ich durchaus bestätigen, dann werd ich mal auch ein wenig die Beine hochlegen“, sagte Ruben grinsend.
„Nichts da!“, rief Papa. „Auf ans Werk mit euch.“
„Diese Tage sind mir am allerliebsten, wenn wir alle zusammen sind“, sagte Lennard glücklich.

Ja, finde ich auch", bestätigte Mama, die jetzt wieder ganz frisch und ausgeruht war und alle freudig in der Küche begrüßte. Und dann saßen wir alle am Tisch und unterhielten uns angeregt.

„Magst du gar nichts essen, Lukas?", fragte Mama. „Du stocherst so lustlos auf deinem Teller rum." Da meldete sich Papa zu Wort: „Was ist denn heute eigentlich in der Schule passiert?"

Das mag ich nicht sagen, weil ihr das sowieso nicht versteht und mir nur sagen werdet, dass ich netter sein soll, wie die doofe Frau Hoehlmann. Und hingehen werd ich da auch nicht mehr, in meinem ganzen Leben nicht!"
„Oh, das hört sich wirklich schlimm an. Was ist denn in der Schule passiert?", ermutigte Mama mich.

Und dann erzählte ich es alles: Ganz schnell kamen die Wörter aus mir heraus, so als wollten sie das schon eine ganze Weile. Und mit ihnen meine Wut und meine Traurigkeit.

Und dann war es auf einmal ganz still bei uns in der Küche, bis meine Schwester Amani sagte: „Das ist ein klarer Fall von Rassismus, da musst du abhärten. Da mussten wir alle durch, und das wird auch nicht besser."
„Da hast du den Nagel auf den Kopf getroffen. Ist irgendwie traurig, aber dagegen kann man leider nichts machen", fügte Tharek grimmig hinzu.

„Warum denkst du, dass wir dagegen nichts unternehmen können?", fragte Papa nachdenklich.

Na ja, weil das alles nichts hilft", sagte Ruben. „Wir wurden schon in der Schule geärgert, und Mama ist immer hingegangen und hat mit den Eltern und Lehrern geredet, und was hat das gebracht: gar nichts."

„Manche Dinge ändern sich langsam, aber sie ändern sich. Wir müssen nur Geduld haben und nicht aufgeben", sagte Mama.

Sie schaute mich ganz ernst an: „Das Wichtigste ist, zu wissen, dass du das Recht hast, wütend und traurig zu sein, und dass es keinem zusteht dir zu sagen, wie du dich zu fühlen hast, wenn sowas passiert. Das war sehr kränkend, und du und Amira wurdet zu Unrecht bestraft. Lasst uns nun über eine gute Lösung nachdenken, damit Lukas und Lennard wieder gerne in die Schule gehen."

Ich hab's!", sagte Niklas. „Wir vier großen Brüder gehen alle morgen mit in die Schule und schnappen uns den Jan."
„Da wird er aber große Augen machen", sagte Ruben und kicherte.

„Keine Gewalt", mischte sich Papa ein.
„Das machen wir natürlich nicht."
„Warum nicht?", fragte Tharek.
„Weil wir uns mit Worten wehren", erwiderte Papa.
„Hmm, na dann sagst du eben etwas ganz schrecklich Gemeines morgen zum Jan. Irgendetwas zu seinen roten Haaren oder so", sagte Niklas und lächelte zufrieden.

„Nein, das werden wir auch nicht machen", sagte Mama bestimmt. „Wenn wir so an die Sache herangehen, ist das kein Stück besser als das, was andere uns antun. Rassismus lässt sich nicht mit Diskriminierung bekämpfen."
„Ich weiß nicht, was das heißt", fiel auf einmal Lennard ein.

„Du sollst blöde Wörter nicht mit blöden Wörtern bekämpfen", übersetzte Amani mit wissender Miene.

„Jans Verhalten kommt ja nicht von ungefähr“, sagte Papa nachdenklich. „Das Hauptproblem besteht darin, dass in den Schulen und Kindergärten immer noch aus Büchern vorgelesen wird, die keine menschenrechtlich bewusste Sprache benutzen.“

„Was heißt das?“, fragte ich verwirrt.

„Das heißt, dass es immer noch zu viele Bücher gibt, die Worte haben, die Bauchschmerzen machen“, sagte Mama und streichelte meinen Bauch.

„Und dagegen lässt sich schon etwas unternehmen“, betonte Papa.

Da Lukas und Amira ja schon erfolglos versucht haben, mit Frau Hoehlmann über die Angelegenheit zu reden, können wir uns ein Gespräch mit ihr sparen. Ich bringe euch morgen früh mit Papa gemeinsam in die Schule, und dann werden wir mit der Schulleiterin sprechen", sagte Mama bestimmt. „Und vorher werde ich noch versuchen, Jans Mama zu erreichen und sehen, ob sie auch Zeit hat, an dem Gespräch teilzunehmen."

An dem Abend wurde noch sehr viel geredet, auch über lustige und schöne Dinge.
Mama hat dann noch sehr lange mit Insa telefoniert, das ist die Mama von Jan.

Der nächste Morgen war total hektisch.

Alle mussten sich zur gleichen Zeit fertig machen, und das kann sehr knifflig sein, wenn man fünf Brüder und zwei Schwestern hat.
Wenn die ganze Bande zu Hause ist, macht Papa kein Lieblingsfrühstück, dann gibt es nur Cornflakes und Tee, und natürlich Obst, denn das findet Mama sehr wichtig.

Danach sind wir sofort zur Schule gesaust, Mama, Papa, Lennard und ich.

Na, bist du heute besser drauf, Lukas?“, begrüßte mich Frau Hoehlmann freundlich.
Aber bevor ich antworten konnte, kam auch schon Insa, die Mama vom Jan, mit ihm an der Hand und ihrer Frau. Jan hat nämlich zwei Mamas, so wie meine Cousine Joy.

„Tschuldigung“, murmelte Jan, und zog ein zerknittertes Papier aus seiner Hosentasche.
„Jan hat dir ein Bild gemalt“, sagte seine Mama.
„Wir haben gestern Abend über alles geredet, und Jan wollte sich bei dir heute entschuldigen, das wolltest du doch, nicht wahr?“
„Hab ich schon längst“, erwiderte er grimmig.
„Na dann ist ja jetzt alles wieder gut, und ihr könnt wieder befreundet sein“, sagte Insa und lächelte.
Ich hatte noch nicht so recht Lust, wieder der Freund von Jan zu sein, und machte mich auf die Suche nach Amira.
Und dann verschwanden Mama und Papa und Jans eine Mama und Jans andere Mama im Büro von Frau Gül-Schmidt, unserer neuen Schulleiterin, und redeten ganz, ganz lange.

Und genau dann, als wir als wir zur Vorlesezeit in die Schulbücherei gehen wollten, waren sie fertig mit reden, und Frau Gül-Schmidt kam zu uns ins Klassenzimmer.
„Frau Hoehlmann, heute werde ich eine Geschichte erzählen, und Sie können in der Zwischenzeit eine verlängerte Pause machen.“
Frau Hoehlmann ließ sich das nicht zweimal sagen und packte eine Zeitung aus. Und wir gingen mit Frau Gül-Schmidt in die Bücherei.

Dann fing Frau Gül-Schmidt an zu erzählen. Und dafür brauchte sie gar kein Buch. Sie erzählte uns von der Zeit, als sie ein kleines Mädchen war, und was sie so für Blödsinn gemacht hat.
Die Schule, in die sie gegangen ist, als sie klein war, gibt es sogar noch, die ist gar nicht weit von unserer Schule entfernt.
Und sie erzählte uns, was sie damals ganz traurig und wütend gemacht hat.

„Wurdest du verhauen?“, fragte Paul mit großen Augen.
„Ja, das wurde ich auch, aber da hab ich feste zurückgedroschen, das war nicht das Schlimmste. Am allerschlimmsten waren manche Wörter, die die anderen Kinder benutzt haben, und ich hab mir geschworen, dass wenn ich einmal groß bin und selbst in einer Schule arbeite, ich die Wörter, die einem wehtun und die einen traurig machen, nicht erlauben werde.“

Ich hab euch eine Kiste mitgebracht, und wir werden dort alle Wörter, die uns und unsere Vorfahren klein und hässlich machen und uns im Bauch weh tun, einsperren.“

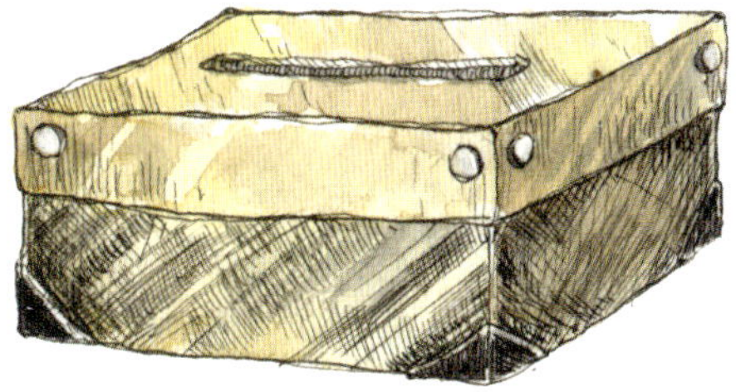

Wir haben dann alle ganz angestrengt überlegt und die Kiste mit Wörtern gefüllt.
Danach haben wir sie mit ganz viel Klebeband zugeklebt, damit kein böses Wort aus Versehen wieder heraus purzelt.

Wir wollten dann aber nicht so eine Box, die mit schlimmen Wörtern gefüllt ist, in unserer Schule haben. Und so sind wir alle gemeinsam in den Garten gegangen und haben sie vergraben.
„Das ist gut, dass wir das gemacht haben“, sagte Frau Gül-Schmidt zufrieden. „Und da die Wörter nun begraben sind, möchte ich keines mehr in unserer Schule hören!“ Frau Gül-Schmidt sah uns alle streng an, aber das konnte sie nicht lange.

Unsere Geschichte ist aber noch nicht zu Ende. Mama und Papa sind dann noch zu einem Elternabend gegangen, auf dem Frau Gül-Schmidt allen Eltern etwas über die Wörter erzählt hat, die Bauchschmerzen machen und die darum in unserer Schule nichts zu suchen haben.
Und Papa hat dann noch etwas darüber erzählt, wie das ist, wenn man Schwarz ist in Deutschland. Und Amiras Mama hat etwas darüber erzählt, wie das ist, wenn man Muslim oder Muslima ist in Deutschland.

Und Jans Mama hat etwas darüber erzählt, wie das ist, als Frau eine Frau zu haben. Und alle haben zugehört.

Frau Gül-Schmidt und die Eltern haben auch beschlossen, dass es viele Bücher, Spiele und Lieder gibt, die uns Kindern nicht gut tun. Und darum trifft sich jetzt am Samstag Morgen immer eine Gruppe Mamas und Papas und sortiert Bücher aus, die die Welt nicht braucht.

INVENTAR:
Korb
Stifte

Aber das ist immer noch nicht das Ende.
Frau Hoehlmann arbeitet jetzt in einer anderen Schule, für sie war alles, was passiert ist, zu viel Veränderung.
Dafür haben wir jetzt einen neuen Lehrer aus Dänemark, den Herrn Thomassen, und der mag Yoga sehr gerne.

Unsere Geschichte ist nun wirklich zu Ende, und ganz genauso ist sie passiert.

Nachwort

Liebe erwachsene Vorleser*innen dieses Buches,

erinnern Sie sich aus Ihrer Kindheit auch noch an ein „Wort, das Bauchschmerzen macht"? Oder vielleicht mehrere? Begleitet Sie dieses Wort bis heute, Ihr alter Schmerz erscheint in neuen Gewändern oder begegnet Ihnen in den Erfahrungen Ihrer Kinder aufs Neue?

Es gibt viele Wörter, die einem Menschen Bauchschmerzen machen können.
Und einige dieser Wörter haben eine Besonderheit: Gesellschaftliche Minderheiten sondern sie durch ihre Begrifflichkeit und deren geschichtliche Hintergründe aus, machen sie zu den „Anderen". Menschen, die sich als Teil der gesellschaftlichen Mehrheiten empfinden, benutzen diese Wörter mit großer Selbstverständlichkeit, zumeist ohne verletzen zu wollen – und ohne an die Gefühle der mit den Wörtern bezeichneten Menschen zu denken. Schlimm ist, dass in den aktuellen gesellschaftlichen Debatten Vertreter*innen dieser Mehrheitgesellschaft den Gebrauch solcher Wörter auf unsägliche Weise rechtfertigen und die Kritik der be- und getroffenen Menschen als „Zensur" zurückweisen.

Dabei sollte doch eines selbst für nicht betroffene Menschen verstehbar sein: Wörter, die ja Zuweisungen von Eigenschaften sind, machen etwas mit und aus den Menschen, auf die sie angewandt werden. Jede*r kennt das aus einer der ersten Zuweisungen, denen wir alle im Leben ausgesetzt sind, nämlich Mädchen oder Junge. Wenn von Kindheit an Zuweisungen auf Sie angewandt werden, die Sie als anders, nicht zugehörig, ja als in vielerlei Hinsicht minderwertig kennzeichnen, macht das mehr als Bauchschmerzen, es verletzt bis ins Innerste hinein. Verletzungen, deren Heilungschancen gering sind, in einer Gesellschaft, die immer noch so unwillig erscheint, die Erfahrungen ihrer Minderheiten ernst zu nehmen.

Ich selber hatte viele Bauchschmerzen und noch mehr Seelenschmerz als Kind. Weil ich als Schwarzes Kind in diesem Land aufwuchs, musste ich mir das schlimme Wort und seine vielen Verwandten (einer davon wurde sogar mein „Kosename") wieder und wieder anhören. Ich habe erfahren, dass viele Erwachsene mich dann gut behandelten, wenn ich ihrem Bild, das mit dem schlimmen Wort verbunden war, entsprochen habe. Es gab da zwei vorherrschende Varianten: entweder ein bisschen dumm und ganz demütig, oder immer lustig – und auch ganz demütig. Wer und wie ich wirklich war, das sollte ich lieber nicht zeigen.

Bei vielen beliebten Klassikern der Jugendliteratur habe ich mich elend gefühlt. Ich wusste, dass meine eigenen Vorfahren König*innen jenes Landes gewesen waren, bevor ihm der Vater eines gewissen Mädchens mit roten Zöpfen Königtum und Menschenwürde entrissen hatte. Ich verstand schnell, dass selbst mein bestes und reinstes Deutsch mich nicht davor bewahren würde, in jenem Kauderwelsch angesprochen zu werden, das diesem kleinen Jungen, der ein Lokomotivführer werden wollte, in den Mund gedichtet worden war.

Heute, beinahe 50 Jahre später, machen meine Kinder immer noch dieselben Erfahrungen, finden dieselben Bücher in Kindergarten- und Schulbibliothek. Das darf und muss nicht so weiter gehen. Wir alle, Sie und ich, die Mehrheitsgesellschaft und ihre Minderheiten sind gemeinsam in der Verantwortung, mit unserem Sprachgebrauch und im Umgang mit unserer Literatur Gleichwertigkeit und Menschenwürde von allen auszudrücken. Das müssen wir Erwachsenen selber erlernen und unsere Kinder lehren.

Hier kann uns das Kinderbuch von Nancy J. Della ein wunderbares Hilfsmittel sein: Die Geschichte bildet unsere Wirklichkeit ab, sie konfrontiert mit dem Schmerz, den die schlimmen Wörter auslösen, und mit den gängigen Abwehrmechanismen sowohl bei den Verfechtern des Gebrauchs der Bauchschmerzenworte als auch bei den davon Betroffenen. Aber hier bleibt die Geschichte nicht stehen; und genau das macht sie für mich – und für Sie hoffentlich auch – so wertvoll:

Befreiung aus den Bauchschmerzen geht über das Handeln, und wenn es unsere Kinder betrifft, auch und vor allem über das stellvertretende Handeln der Bezugspersonen.
Die erste und vielleicht wichtigste Handlung ist das Anerkennen der Verletzung, des Rechtes, „wütend und traurig zu sein", wie es im Buch heißt. Dabei stehen zu bleiben hieße jedoch, keine Veränderung herbeiführen zu wollen. Also ist der nächste Schritt die Konfrontation (hier: Anruf bei Jans Mama), dann gegebenenfalls das Einschalten Dritter (die Schulleiterin).

Und an dieser Stelle geschieht in der Geschichte etwas Wunderbares, für mich ganz Wesentliches: Die Beteiligten des Konfliktes entwickeln emphatisch Gemeinsamkeiten. Wenn wir erkennen, dass wir auf unterschiedlichsten Gebieten (hier Schwarz, muslimisch, lesbisch, könnte aber auch arm, körperlich oder geistig behindert, alleinerziehend, nicht muttersprachlich und ... sein) ganz ähnliche Diskriminierungserfahrungen erleben und erleiden, können wir voneinander lernen und aus unseren Gemeinsamkeiten heraus machtvoll handeln.

Im Falle der „Wörter, die Bauchschmerzen machen" heißt das: Ja, die können für immer und für jede*n verschwinden – und mit ihnen die Bauchschmerzen. Jede*r von uns ist in der Verantwortung, mit wachem Verstand und offenem Herzen Quellen von Schmerz im eigenen und fremden Sprachgebrauch zu identifizieren, zu konfrontieren und, so es geht, aufzulösen. Hier geht es einfach um mehr Menschenwürde, Ihre und meine, vor allem die Ihrer und meiner Kinder.

Zum Schluss noch einige konkrete Handlungsempfehlungen für Eltern, Erzieher*innen und Lehrer*innen:

Nehmen Sie die Verletzungen von Kindern ernst. Schaffen Sie eine Atmosphäre, in der sich die Kinder mit ihren Empfindungen wahrgenommen und sicher fühlen.
Wenn Sie selber wegen der Verwendung eines verletzenden Begriffes angesprochen werden, schalten Sie nicht in den Abwehr- oder Rechtfertigungsmodus, sondern nehmen Sie die Kritik einfach an, erinnern sich an Ihre eigenen Erfahrungen mit Bauchwehwörtern und lernen daraus.
Wenn eine Zuschreibung für Sie selber Ihnen unangenehm ist, korrigieren Sie freundlich und bestimmt den Begriff, suchen Sie sich gegebenenfalls Verbündete und vermittelnde dritte Personen. Belassen Sie es auf keinen Fall dabei, wieder einmal nur verletzt zu sein.
Machen Sie sich kundig über „Bauchwehwörter", ihre Geschichte, und vor allem aber auch über Bezeichnungen, die frei von Diskriminierung sind. Hierbei lohnt es sich immer, in bitte respektvoller Weise die Betroffenen selbst zu fragen. Z. B. „Ich fühle mich unsicher, auf welche Weise würden Sie sich selber in Bezug auf (Ihre Hautfarbe, körperliche/geistige Disposition, soziale Stellung ...) bezeichnen?"
Wagen Sie einen gemeinsamen Prozess in Ihrem Umfeld, Ihren Bereich nicht nur von diskriminierendem Sprachgebrauch sondern z. B. auch von verletzenden Darstellungen zu befreien. Aus einer gemeinsamen Anstrengung werden Sie alle, Kinder, Eltern, Erziehende gestärkt hervorgehen.
Sie finden Hilfe, Denkanstöße, Materialien, Expert*innen, die Ihnen zur Seite stehen können, in großer Menge, sobald Sie danach suchen. Und nach meiner Erfahrung sind auch vielerlei Finanzierungen für solche Wege zu finden.

Ich wünsche Ihnen, Ihren Kindern und Ihren Institutionen einen guten und bereichernden Weg in eine Welt ohne „Wörter, die Bauchschmerzen machen".

Nancy J. Della lebt mit ihrer Familie in Berlin und Chicago. Sie ist Lehrerin und Aktivistin.

Rina Rosentreter ist eine politisch engagierte (Lebens-)Künstlerin. Sie mag Katzen, und Sternchen und wohnt in einer Wohngemeinschaft in Münster.

Tsepo Andreas Bollwinkel Keele ist südafrikanisch-deutscher Orchestermusiker und politischer Referent zu Gender- und Diversitythemen. Er lebt mit seiner herkunftsbunten und queeren Familie in Lüneburg.

Impressum:

Bibliografische Informationen der Deutschen Bibliothek
Die Deutsche Bibliothek verzeichnet diese Publikation in der Deutschen Nationalbibliografie; detaillierte bibliografische Daten sind im Internet über http://dnb.ddb.de abrufbar.

Nancy J. Della
Das Wort, das Bauchschmerzen macht
Illustriert von Rina Rosentreter
Mit einem Nachwort von Tsepo Andreas Bollwinkel Keele

Die Bilder an der Wand des Vorleseraumes haben gemalt:
einige Kinder aus der Waldbande und Konstantin Kerckheart.

3. Auflage, 2023
ISBN 978-3-942885-63-8

Postfach 27 46
D-48014 Münster

info@edition-assemblage.de
www.edition-assemblage.de

Mitglied der Kooperation book:fair

Umschlag und Satz: Rina Rosentreter
Lektorat: Carina Büker | edition assemblage
Druck: Interpress Budapest
Printed in Hungary 2023

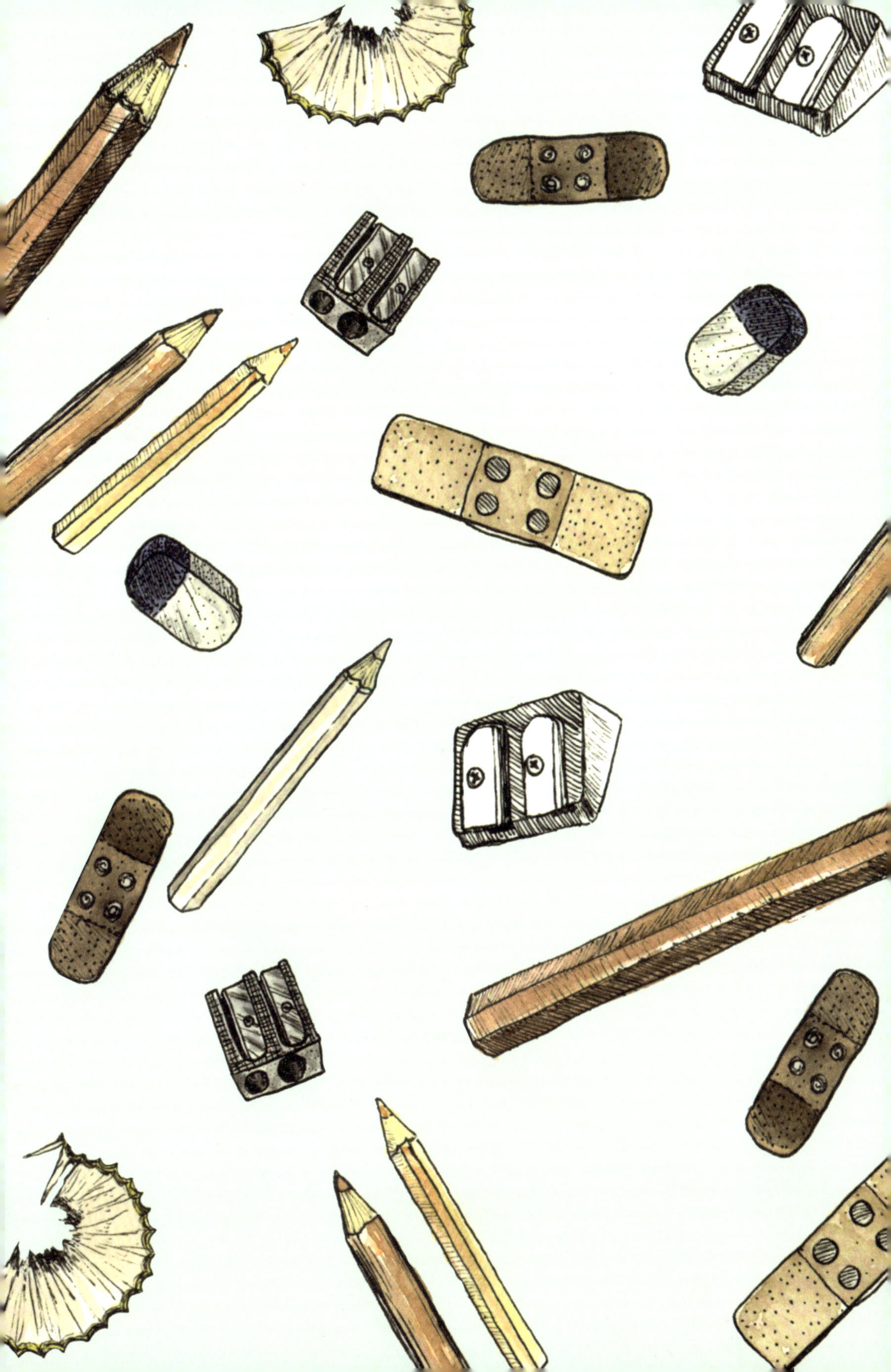